季节的边缘

汪梅珍 著

长江出版传媒

长江文艺出版社

序

　　今年北方的夏季格外酷热难耐，39℃、40℃、41℃……开空调吧，冷热冲撞，也令人窒息、焦躁。正坐在书桌前没有着落时，打开电脑，看到安徽诗人汪梅珍从邮箱发来的她准备出版的诗集书稿，邀我作序。打开书稿，随意浏览一过，不想我的心一下子沉静下来，气定神凝，进入文本，深潜鉴赏。仿佛敞开心扉，眼前幻化出春日江淮遍地野花、秋天风吹落叶缤纷、冬季原野雪花飘舞，即使夏天，也是雨后夜空、漫天星斗……

　　这是我阅读诗集总的个人印象。

　　全诗分三辑：《缓慢书》《季节的边缘》《时间的背后》。《缓慢书》，是放慢生活的脚步和节奏；《季节的边缘》，是生命对自然四季的感应与颖悟；《时间的背后》，是人生的转换和对往昔的回忆。诗人作为乡村小学教师，她的诗歌写作立足日常，均为对身边的点点滴滴、瞬间情景的书写。如《缓慢书》中《触摸》《一念》《咖啡屋》《落日之前》《断桥》等等。且看《看书》一诗：

　　　　捧着《文学与鉴赏》

　　　　看福楼拜，看拜伦

　　　　看郁达夫的《迟桂花》

看沈从文的《边城》

如今，在散步时听听书
也是一种奢侈
拥抱不一样的灵魂
也是一种享受

高尔基说："书籍是人类进步的阶梯。"读书是读者与作家灵魂的对话，也是提升自我、完善自我的精神修为和享受。但如今，由于生活的繁忙与劳神，人们读书的时间很少，甚至连听书也成了"奢侈"。这是带有悲慨的自我忏悔。但是，既知今日过，来日犹可追！

自然更渗替，春华秋实。在《季节的边缘》，郊外的果林，花朵凋落、青果萌生，但离成熟还很远，还需经过夏的炙烤和风吹雨打。那么，它的归宿是什么呢？请看《青果》的回答：

夜色阑珊，南风轻吹
月光下，郊外的果林
一些蓝正悄悄渗入青果
待青果接受阳光雨露
逐渐成熟。树知道——
接纳分离，才是爱的最终目的

面对青葱的果子，诗人在夜空月光下，做渗入心灵的蓝色沉思，并把情绪投入物象。从而，"青果"便成为意象，隐喻了人的生命也只是一个过程。连果树都懂这个道理——果子成熟了，与母树分离是对生命最大的爱，因为"青果"可以是在季节中轮回。像这样的诗还有一些。

人生在世，流年似水。《时间的背后》，"有一卷未写完的剧本/像断臂维纳斯/岁月啊/请记住她的春风与花香"。不仅自然四季感应生命四季，而且，青春易逝，既有花朵昨开今谢的悲凉，也更有对亲人、对往事、对乡土、对童年的回忆。如《写给父亲》《游子的背影》《奇怪的梦》等等。此处，我们欣赏一下诗人更古老的怀念。《端午的月亮》：

　　　　端午的月牙儿，弯弯的

　　　　我喜欢这可爱的月牙儿

　　　　月牙儿是孩子的秋千

　　　　是母亲的《摇篮曲》

　　　　月牙儿最懂

　　　　屈原的《离骚》与《九歌》

屈原是中国历史上第一个写诗的诗人。他的"路漫漫其修远兮，吾将上下而求索"的生命意义的探索和"哀民生之多艰"的悲悯情怀，已是尽人皆知的史实。端午节，就是对他沉江明志的纪念。这首诗，不写划龙舟、吃粽子，也不回眸屈原的事迹，只写天上的月牙儿，只写母亲给孩子唱《摇篮曲》。但这像"秋千"的月牙儿却穿越时空，从今天荡到古代，并瞬间照亮了屈原伟大的诗作，使之闪烁出不灭的精神辉光。

中国现代小诗写作是传统的。从五四时期冰心的《繁星》《春水》，中经抗日战争的"街头诗"，直至现在微型诗的风行，都属于同一艺术流脉的演化和延伸。从以上对汪梅珍诗歌的解析，可以看出其小诗创作的特点：运思精巧，话语简洁，常于小中见大、平中见奇。她所遵循的美学规约是，生命与生存临界点上的话语命名时少就是多、一就是万。因此，这些诗具有极大的浓缩性和暗示性、内倾性和开放性，产生了巨大的艺术张力。

回应开头印象，结合文本的解析，我们可以设想，诗人的主体形象，就是江河边一株会思想的芦苇，临风挺立、摇曳多姿。她的诗歌就是她挥洒的满天繁星、遍地落叶、雪绽红梅……其艺术风致清奇、秀泽、明丽、隽永！

是为序。

苗雨时

雨时诗歌工作室

2023 年 6 月 30 日

目 录

第一辑　缓慢书

看　书

捧着《文学与鉴赏》
看福楼拜，看拜伦
看郁达夫的《迟桂花》
看沈从文的《边城》

如今，在散步时听听书
也是一种奢侈
拥抱不一样的灵魂
也是一种享受

农场的春天

圆圆、红红的山楂
与农场主的热情，一起挂上了枝头
几只喜鹊飞过树梢

十月小阳春
一片暖洋洋

踌躇满志的农场主
投巨资招聘工人
绿色养殖基地的鸡、鹅、鸭
与水稻、玉米
把百姓的饭碗堆得像小山

梦里有江湖

风声悠远
在月球上
回旋着，回旋着
风吹月桂
那棵吴刚永远砍不倒的月桂

风声悠远
在山谷里回旋
仿佛来自远古
仿佛来自另一个星球

风声悠远
吹我梦中的江湖
谁在做一个长长的穿越梦？

字　条

他们传过字条

都说要做林中小溪

从容奔向大海

波澜壮阔，后渐入佳境

造永恒之塔

归于星星的故乡

缓慢书

冬日

写一部缓慢书吧

有雪抗议

雪后即晴

日出万里无云

落日余晖似火

当雪钻进枯荷的脉络

继而渗进根部

荷又渐渐重生了

潜山二乔公园一隅

山坡上的草
我听不懂你的语言
你悠然的姿态
让我想起泉水
它却搁浅了久远的朝代
那些影子前仆后继
纷纷跳到青石板上
青苔一直在生长
像是二乔的愁绪

忽略的细节

突然而至的雨
乱了方寸
村东头老槐树上的鸟巢
在雨中忽隐忽现
像一颗果子长在树上
我猜想
会不会是一个空巢？

小石头

小时候，我喜欢捡小石头
把小石头扔进湖里
石头是有生长力的
只是湖中至今
也没长出一座岛屿

乡村的小石头就是多
怎么也捡不完
天上的星星多得数不清
地上的石头经常仰望天空
而天上的星星一直俯视大地

子夜留白

星空
偶尔也在子夜留白
神看了又看
不明就里，于是
分一半慈悲
分一半寒霜

绘　画

记忆是一条哗哗流淌的大河
我坐着竹筏悠悠前行
你是青青河边草
时而仰望蓝天，时而看着竹筏
花，开在大河两岸
黄鹂飞过杨柳枝头

多年后
我在画杨柳，你在画竹筏
我在画蓝天，你在画春花

秋　千

出世入世都随你
起起伏伏中
有重生的可能

云深不知处

小鸟的翅膀收拢黄昏
云雾笼罩静静的远山

铺开画卷
暮色中，我们相拥
远山苍茫，影子恍惚

心中的海

寻万家诗

恰逢水路

花丛柳丝间有斑鸠

形而上，形而下

皆为朴素

乘舟，去心中的海

看海鸥

雪中梅

晨

雪花的诗稿

飘在黄梅上

黄梅的诗稿

嵌在我的明眸里

黄梅看着我，微微笑

我心头一暖

走过去，靠近黄梅

留下一张珍贵的照片

青花瓷

群山在夜色中隐退
雷声滚过，少年仿佛听见
夜半山寺的钟声
他保持立正姿势
虔诚地阅读一件青花瓷

置身辽阔的旧时光
那古韵从斗彩杯中溢出
清香碧绿

触　摸

触摸夜

夜温柔以待

夜幕下的乡村

异常宁静

我把夜搁置梦里

夜恍惚

有流星轻轻划过

一　念

听到有人敲门
美梦瞬间消失
我使劲睁开眼
燕影从窗前掠过
这是春天的午后
天空乌云密布
似有一场暴风雨

单行道

山上有座庙
山下有单行道
单行道旁，站着
一棵一千多年的银杏树
秋天，我走在单行道上
那些飘落的黄叶子
仿佛是穿越而来的唐代诗人

咖啡屋

夜深深，车停了
小城，灯光闪烁
她在寻昔日的咖啡屋

一些过往似梦非梦
她可以随音乐畅想
也可以旁若无人地
注视窗外的月光

小城静静
月朦胧，鸟朦胧
异乡的梦境，都在小城

上弦月

风轻轻地吹
吹乱上弦月的心思
满天繁星相随
去追黎明的乡村

晶莹的露珠
是上弦月喜悦的泪
家乡的香樟树啊
我依然爱你如初

焚

点燃那一刻
带走了昨日的彷徨
化成灰烬时
像凤凰涅槃
风中燃烧的是诗魂
灰烬之灵气，在风中飘

投　影

喝了小酒
你微醉，站在湖畔
痴看水中月影
此时，你发觉重影了

好奇心驱使
你走进自己的宇宙
月亮的投影
就在你的家乡

第六感官

穿云破雾

随小雨点　匆匆落下

我伸出手接住

急促，清凉

开花？结果？

雨花？雨果？

雨

雨后见彩虹

多美啊

可是接二连三的冷雨

能带来什么呢？

我鄙视这乏味的雨季

落日之前

夕照下
嫩绿的、金黄的、橘红的
皆为人间最美的词话
邻村的阿贵
刚从南方归来
带来了大海的潮汐
与风情万种的阿芳

流 年

昔日的炊烟

纠缠白云

白鸽子来了

百灵鸟来了

迎春花开了

青山不改，绿水长流

一种信念渗入骨髓

风中的承诺是橘红色的

傻傻的沙沙的雨声

是丰收的序幕

推　窗

晨。我无声地推开窗
一种光彩夺目的绿
顺着雨水的滴答声
进入我的感官
彻底颠覆了我的猜想
原来，绿既炫目又宁静
飞扬的柳条，绿得脱胎换骨
连鸟鸣声也绿得迷人

天空的仁慈

不能再看桃花了
桃花的火焰
已灼伤白云的双眼
隔世的桃花在深山
春末，花瓣飘向小溪

仁慈的天空
怀抱洁白的云
而云渐渐温暖，融化
相互追逐着落下尘世
声声清脆，滴滴晶莹
桃花远去的方向，也有鸟语花香

忏悔录

干涸的小河
渴死的鱼群
无声无息的风
枯死的灵魂
山寺的钟声
佛前独自忏悔的老人
谁能无过？
老人回望，遇见了真诚

倾斜的雨

大约在冬季，北风中
他听见有人在诵经
倾斜的雨打在他身上
啪啪啪，啪啪啪
他没有撑开手中的伞
北风，一直吹
倾斜的雨，似笑非笑

暮色中的铁

山，吞云吐雾
暮色中的铁
像前世的亲人
在山上
过着神仙的日子

削铁如泥的将军
正日夜兼程
宇宙天地，万事万物
它们都有其生命的轨迹
朝阳中、暮色中的铁
成了闪闪发光的金子

经过山林

中午，经过山林
我看见——
野兔在奔跑，松鼠在爬树
成群的鸟儿飞出林子
风吹落树叶，继而卷走落叶
那根折断的树枝
以前可能开着好看的花儿

一棵罪恶的草

那棵颓废的草
流连忘返于秋
吸着善良，吐着罪恶
立冬日，那棵草
在我们的注视下
渐渐枯萎

抛 弃

疾走，疾走
加速度，加速度
远离枝头那乱叫的黑鸟
我要把它抛在时光之外

夜

月光停在树梢
风吹月光
月光颤动

风没有远去
像山一样连绵起伏

月牙儿潜入梦
推杯换盏

失　眠

有云逛小镇

寒月下——

霜花无声，竹影随风

偶有小鸟扑翅

唉

这寒冷的冬夜在失眠

喝　酒

满世界跑，还惦记着
那点微不足道的经济
傍晚，谁又在筹划着
去哪家酒店喝酒

喝酒就喝酒吧
喝出一群人的孤独

怅　然

他行走江湖

弹奏着吉他

忧伤的曲调，美丽的和弦

像离愁，像一场爱

路过的我，有些好奇

看着他与河中的游鱼

心中怅然

鱼尾纹

青春的尾巴
游进一片海
与小鱼儿紧紧相拥
浪花朵朵
似乎都在倾诉
江湖险恶

明天小满

晚上刷微信
微友黑眸说：
有人遇到一棵树
正在开花
我遇到一棵树
正在结果

我说：明天小满
无论花开，无论结果

看中医

看中医
医生会看你舌头的
我的舌头布满白咮
医生说是寒火
我喜欢花香袭人
而现在寒气袭人

简　历

本想去桃花源

却误入桃花岛

白云如雪，飘飞

海浪似雪，飞扬

海风自由，游人如织

桃花开得浪漫

海鸥飞来飞去

我追着海浪

去寻金庸的侠之江湖

愿　望

荒凉，绝望
停在时光的拐点
悟透人性
包容，向善
逆光，逆光
喜看老树发新芽

河 边

小时候，住在三湾河边
每年至少有一次洪汛
洪水驮着青青黄黄的南瓜
浩浩荡荡，向东奔去
邻居用水瓢
就能舀到蹦跳的小鱼儿

青青的，轻轻的

青青的，轻轻的
沁人心脾
轻轻的，青青的
与灵魂相依
我缓缓行走在田野
随风的青青包围了我

怦然心动

黎明时分
月亮收集光芒
向西，向西

河水一往无前
迎接旭日
向东，向东

田野里的麦苗与油菜
挣脱月光留下的气场
执拗成长

早晨
东方渐渐发红
我仰望天空，怦然心动

凝视岁月

七月
有零星的枯黄的树叶飘下
幸运的小石头与落叶为友

夜晚，她看到草地上
有萤火虫在凄美地闪烁

流水的声音

南风潜入室内
无声地翻动书页
书中的河流哗哗流淌
有沧浪之水的回声
她静静地听，那是
一条江的伤痛与浩瀚

断　桥

断桥的下面
有流水，有水草
有鱼群，有小石子
有白鸽子的倒影
一群鱼追着另一群鱼
是不是回归故里？

断桥那边
有我蓝色的梦境

这样的夜晚

月光，轻抚我的额头
窗前的香樟树间
似有鸟儿的呓语

我仰望，寻找天空之镜
而故人，在明月之上

这样的夜晚
适合抒情
适合聆听独奏的小提琴

木头人

西郊公园里
几位老人在打牌
旁边站着一个木头人
我多看了几眼
今天是谷雨
木头人能成为夏天吗？

平行线

秋雨细细绵绵
花园里静悄悄
桂花树在风中舞蹈
两只小鸟
在雨中平行滑过
此时，我的南窗
盈满暗香

梅　说

风吹雪，草低且枯。
梅说："我的情话，
只说给人间的左耳听。"

山川原野，白茫茫一片。
梅说："我的左耳，
只储存自然界的软语。"

几只黄鹂在梅枝上弹琴
梅说："谢谢你们，
我不忘桃花的嘱托，
替她在冬天开花。"

一首诗的距离

如雪的霜

继续前行

与冬的距离近了

想起飘雪的冬季

有一个忧患的你

还有一个梅

梅是你的前妻，还是

你小说中的女主角？

只是我看完文章后

脑子一片空白

伤感了一阵子

往后，飘雪与梅

经常来到我的梦中

我数着片片雪花

梅在雪中笑

小城的风

小城安静
风来风去
有人追风
而风在花园游玩
人们想尽力
挽留一些风
而风终归远去

搁浅的鱼

鱼的命运有多种
或者畅游江河湖海
或者搁浅
搁浅稻田
有蚂蟥叮咬
搁浅沙滩
蹦得快，死得快
这是鱼的悲剧
也是河流的忧伤

挽　留

缤纷的落叶
一如她的思绪
温暖的秋阳
挺拔的山峰
高大的香樟树
相思的边草
行色匆匆的风
贪玩的小雨点
比雪还白的云
都在尽力挽留一些过往
而香樟树下嬉戏的孩童
如今已各自天涯
成了熟悉的陌生人

沙　砾

日月星辰的灵气
赋予了沙砾，因此
沙砾有了色彩斑斓
有了方圆
有了能量，有了传奇

我喜欢家乡的沙砾
夕阳下，天边火烧云霞
躺在河滩上的沙砾
着了红色，格外耀眼

穿过夜色

夜色迷离，风飘雪
夜色留不住风
夜色留不住雪
风与雪相约，穿过夜色
与黎明会合，迎接旭日

门里门外

门里的人，是阳光的
却屈从于门外生病的夏
那些渐行渐远的春
在她的日历里活过
那个抑郁的夏，是否苟且偷生

我走向树

树离我很近
树叶清香扑鼻
我在倾听树的呼吸
有鸟儿在枝头嬉戏
我走向树，树的阴影里
偶有无精打采的蚂蚁
我靠在树上，反抱树干
倾听《琵琶语》的旋律

独坐草间

傍晚，独坐草间
远山是夏天的模样
默念秋天心中的蓝
比蓝更蓝的
是大海，是天空

一朵浮云飘过
几只小鸟飞过
浮云不是昨天的浮云
小鸟可能是
另一种生命的重生
此刻，草地开阔
风儿寂寥，树林幽静
河流独自欢腾

瞬间的浩浩荡荡

一座山
挡住了来势凶猛的风
风返回，风旋转
风撞击枫林
安静的枫林瞬间呼啸
掀起火红的浪花
野菊花的黄
热情奔涌，灿烂辉煌
这瞬间的浩浩荡荡
是大海的波涛
是天空的情怀

似是故人来

雨仍在下

下在老地方

她轻轻地吹着口哨

靠在香樟树上

树下的草更绿了

草尖上的雨珠

越来越多，越来越多

她看着，看着

似是故人来

阴　影

河流昼夜运行
并未带走树的倒影
一群群鱼儿
畅游在树的倒影里

我的阴影里，也许
有一群有趣的小生灵
只是我看不见

笔，或者青春

妙笔生花处
有栀子花的清香
仲夏的苹果
格外香甜

傍晚，有风吹过
一朵雨云散了
天空有白鸽子的翅膀

等你来

月如钩，星寥落
有火车停在小站
静静地等月圆之夜
那个入梦之人
梦境太深

雨

重生的雨
在人间———
或淅淅沥沥
或滂沱
或化为溪水淙淙
或化为波澜壮阔

我在看河流
那跳动的雨点
似满天星光

植树节

今天是植树节
风暖暖，阳光好
带孩子栽树吧
一棵、两棵……
根伸进大地，枝丫伸向天空
告诉孩子，我们应该像树
既要脚踏实地，又要仰望天空

春天不可辜负

春风
把小青蛙从睡梦中喊醒
呱呱呱，呱呱呱

蓝天上
排着人字形的大部队来了
非常壮观

小青蛙错过了冬阳
错过了雨季，唯独不能
辜负这大好春光

布谷声声

布谷声声
无论晴天与雨天
你瞧
鸭子在河里闹得风生水起
河岸杨柳随风
远山，残雪消融

布谷声声
布谷鸟的歌声融进春光里
你看
那田里播种的农民
是不是伟大的诗人？

清明时分

兰草、映山红

野花、青草

从暗红色的土中冒出来

映山红的温暖

兰草、青草的清香

野花的迷幻

在北风中，在细雨中

弥漫着，弥漫着……

伸出手，就能触及一些微凉

油菜花开

燕子在风中斜飞欢歌
黄昏摇晃起来
油菜花散发着诱人的香味
蜜蜂还在油菜花丛中玩耍
像极了我
你看，远处的群山在云下
我思念的鹰一定在云上
油菜花开
在风中，在雨中
在阳光灿烂的日子里
也在这诗意浓浓的黄昏中

致水稻之父袁隆平

稻花香里说丰年

年年说，岁岁说

广袤的田野

袁公书写的诗行

年年读，岁岁诵

水稻之父，心怀苍生

善行天下，人民敬仰

出生地

那年腊月二十
梅风尘仆仆
从远方赶来
她来到江淮水乡
落地而生，坐北朝南
背靠三湾河，面朝大沙河
此刻——
龙王庙旁的梅花
正一朵一朵迎雪绽放

苜蓿上的奔跑

田野开满苜蓿花
多么美丽的季节
小艾子、小铃铛、小兰子……
呼朋引伴，在苜蓿上奔跑

苜蓿花啊，苜蓿花
你是我童年的伙伴
也是我今生的风景

回形针

桃花谢了
微风轻吹岁月的光影
流年说
给青春打个结吧
回形针说
把青春整理封存窖藏吧

她顺手拿过回形针
仔细端详
曲曲弯弯，卿卿我我
此刻，明月从心中升起
她看见回形针在月光下裸泳

回　信

白鸽子的回信
是浅浅的微笑

在尘世，她见过
各种各样的人
有格局大的，有格局小的

经过唐朝的天空时
她又遇见了一群白鸽子
久久仰望，不能释怀

读作家潘爱娅的短篇小说《绞脸》

铺陈、巧设悬疑
小说《绞脸》吸引了我
阅读的欲望追随作者
我欣赏了一幅乡村风情画卷
与乡村女人的真善美

醇美的乡村，朴实的乡村人
善良的大妈妈
美丽乖巧的月娥儿
都在作家的文字中鲜活
结尾戛然而止，留白了
读者关注月娥儿的命运
我是倾注希望的
那么美，那么能干的月娥儿
应该有个好结局

在半月池旁

已是初冬
我在桐城老酒酒厂
半月形的小池
池边的树、花盆
醉人的气息
闯入我的镜头
一只鸟飞过树梢
落叶飘入池中
池水咯咯直笑

我微笑着走过去
不打听树的名气
不问小草的姓名
只是捕捉一个意象
让我陶醉的半月池
此刻，我呆立
风在阳光中穿行
虫儿在池边呢喃
鱼儿已沉醉水底

而酒厂的背面

有天然的山水

有烟火的味道

老酒人的特异功能

将泉鸣、稻香、大豆黄

放在一起发酵

酿成米香芝麻香

酿成春天的诗章

悠香浓郁，回味绵长

第二辑　季节的边缘

季节的边缘

谷雨刚过
雷声大，雨点大
有人说这是春雷
有人说这是夏雨
那个穿着花旗袍
撑着红雨伞的女士
惊艳了整条街

渡　口

悠悠荡荡几百年
小舟、岸柳与渡口互为背景
风吹过渡口
生意人摆摊，售卖茶水糕点
应有尽有

于此小憩的人们，还在谈论
渡口的传说
被风炒得沸沸扬扬
又一只小舟划过季节的边缘
水的倒影里，古镇流光溢彩
时光留下的水墨
渲染了两岸烟树人家

此刻
古老的渡口，焕发新颜
这里有美丽的春天
也有充沛的雨水……

早　晨

眸子里
有灰蒙蒙的天空
樟树枝在北风中摇曳着
可能有一场雪
不能出远门了

窗外，
几只黄鹂在梅花枝头
上上下下，跳动闹腾

我越过窗户，越过一条街
想与梅花、黄鹂合个影
唉！黄鹂飞走了

雪　思

雪花是星星的妹妹
纷纷扬扬的雪花
企图把大地变成星空

蓝色的雪

蓝天下
天山上的雪悄悄融化
继而奔向蓝色的河流
蓝色，蓝色
与雪一起放逐

我看见
冰冷的蓝色的火焰

芦尖上的雪

在乡下
芦苇是朴素的
我见过芦尖上的雪
洁白无瑕，那是
雪山上的雪莲花
那是高人修成的正果

那些瞬间融化的雪
是无法与她相提并论的

青 果

夜色阑珊，南风轻吹
月光下，郊外的果林
一些蓝正悄悄渗入青果
待青果接受阳光雨露
逐渐成熟。树知道——
接纳分离，才是爱的最终目的

冬 雪

雪，来自空中
没有尘嚣
漂泊，漂泊
给大地留白
年年岁岁雪相似
纵然是寻她千百度
她永远都是那样———
温柔，冷艳，洁白
宁静以致远

雪　花

雪花
是天空放逐的孩子
也似书生梦里的蝴蝶
风在吹，仿佛要吹开
三生三世十里桃花

酿　春

冰雪酿的美酒
弥漫在天上人间
蓝天醉了，发问
这一树黄花，可是月桂？
黄梅醉了，仰望
与蓝天对峙，微微笑

大自然深呼吸酝酿生长的活力
树林里，有小鸟曼妙的舞姿
池塘里，鸭子嘎嘎嘎
红掌拨着一池的温暖
微风趁晚霞满天，裁出一片片红云
准备做迎春的红灯笼

盼　雪

黄鹂叫醒了雨雾

连阴雨是迎春的节奏

盼雪

积福

春种

做地球卫士

下雪了

一会儿跑到奶奶前面：
"奶奶，您是我的尾巴。"
一会儿跑到奶奶后面：
"奶奶，我是您的尾巴。"
孙女咯咯的笑声，
像极了云朵的白。

我问孙女：
"外面正在曼妙的雪花
是白云的尾巴吗?"
孙女笑而不答。
此刻，天空纷飞的雪花，
仿佛春天的杏花、梨花、李花。

辞旧迎新

岁末
雪铺天盖地
似凋谢的梨花
也像极了伤感的春风
新年里
阳光驱赶严寒
雪跑得无影无踪

新　年

雪花铺开画卷

在三千里江山抒情时

新年就到了

雪花，雪花

满眼皆是雪花

喜欢新年里——

这洁白的安静之美

春的气息

天气预报，今天有雨
酝酿中……
雨水可以帮助我们嗅到
春的气息，泥土的芬芳
雨水可以帮助我们倾听
远处河流的诉说
近处黄鹂鸟的表达
春是盛大无边的
闪电雷鸣就住在春的心脏
尽管，桃花杏花还没盛开
草尖上的蜗牛还在睡觉
池塘里的青蛙还没醒来

元宵节

春，喜极而泣
抽出亮汪汪的雨水
与元宵节紧紧相拥
我与一棵桃树相遇
她笑盈盈的，春风春雨正
潜入她体内的江山
待阳光月光引来蜜蜂蝴蝶
一树桃花
开出辽阔，开在蔚蓝

春 节

小雨加雪，行人很少。
站在阳台看小区花园，
有红梅开得正热闹。
你好！小区花园，
爱你的一草一木！

夜之光

夜空有光
朦朦胧胧
似薄雾穿云

这夜之光
若是初雪之光
照在红梅上
似春光

这夜之光
若是星光
那是春光的免疫力
给予人类以祥和

这夜之光
若是月光
那是太阳折射的光芒
给予人类以希望

雪下在春节

下雪了。冷艳的雪
闯进疑惑的世界，
会与世俗搏斗？
不管是拼搏的过去，
还是期盼的未来，
雪下在春节，
是美而喜悦的。

不一样的雪花

落地即刻融化的雪花
我们叫她水雪
其实，她是遇到了尘世的温暖

落地不融化
且给大地留白的雪
我们叫她干雪

干雪，水雪
在天空，都是洁白的云

围炉夜话

雪花纷飞，围炉夜话
煮一壶老酒，
缓缓倒进杯子里，
几杯酒下肚，
有人朗诵唐诗宋词，
有人说起天方夜谭，
雪，这天外来客，
明天就是孩子的朋友，
再煮一壶老酒，
反刍过去，不忘初心，
我们该租一小舟，河中畅游，
看一路风景，唱云淡风轻。

看阳光穿云破雾

雾气渐浓
疲惫迫近
我斜靠在小区花园的长椅上
看阳光穿云破雾

热烈而慈祥的太阳啊
你东升西落，亘古不变

二　月

寒风
雨
雨夹雪
暴雪
二月又一次陷入寒潮

看着两棵幼苗不畏严寒
错失一些东西又何妨？

春天来了

2 月 15 日，
那场雪下了一夜。
雪，
在天空比翼，
在大地静默。
2 月 16 日，阳光下，
房檐、大树上的雪，
化为水，以加速度
涌向深情的大地，
涌向春天的河流。
望窗外，
梅花寂寞地开，
竹子挺直了腰杆，
深蓝的天空下，
那些草绿了，那些树绿了，
它们仿佛在
感受着春天的悲悯情怀！

三月的乡村

三月打开蜜罐
油菜花热情招待蜜蜂

梨花梦像白云
香樟树笑看空中祥云

小鸟唱着春天的歌谣
在田野飞行

村东头老大爷
拿出古井贡酒，开怀畅饮

学校课堂
有辛勤的园丁与追梦的孩子们

夜行人

南风轻吹
两棵树立于旷野
有月光漫过来
两棵树紧紧握手
畅谈未来

驮着轻轻月光的她
走进时光的隧道
此刻，正是午夜
她丢了自己的影子

旅　行

白天过去
你就去夜晚旅行
有星光穿越古今
不需要喧嚣
保持静默
如果你被夜晚度化
就可以得到重生

六月，望着老树

六月，望着老树

我不禁发问

那位反弹琵琶的孩子呢

老树不回答

只知每年开枝散叶

老树上的黄鹂

正倾听远古的风

有淡淡的云飘过

月光追着六弦琴

去维也纳音乐厅

闪 电

闪电
一次次闯进花园
那时蝴蝶还在纷飞
雷鸣后
花香震颤，余香更浓
你痴痴地站着
直至风雨的记忆涌入心中
你才想到返回自己的园地
任风雨飘摇，任电闪雷鸣

雷阵雨

起风了，闪电后
有急促的雷声
接着雨哗哗哗，随风飘进窗
我关上窗户
挡住了惊慌失措的雨
初夏是美好的
雷阵雨是大自然的音乐

窗 外

月光从云缝里探出头
夜风中
樟树抖落一地的碎瓷
此刻，你鼻子一酸
怎么也忍不住泪水
树下全是母亲的背影

花开半夏

半夏花开
他把旧时的月光
加进一些蓝
连同隔世的一片雪花
投进白鸽子的邮箱
此刻，天空有半个月亮

大　暑

大暑至，夏正浓
风，总是转换方向
不停地掀起热浪
夜，不动声色
荷塘有暗香浮动
忽然探头的月儿
给乡村披上银装
夜猫野性的号叫
赋予夜晚
各式各样的梦境
总有希望与失望
遗失在乡间的小路上

夜半蝉鸣

夜半

夏蝉慧眼如炬

发现雪花纷飞的江面上

有一孤独的垂钓者

不禁高歌一曲

"穿越，穿越……"

小 暑

小暑前后
每天一场雨
雨的内容丰富
你读懂了吗？
没有雨的夜晚
月光很美
没有月光的夜晚
蝉鸣很烦
只要有风
万物就像沐浴春风

没有风的时候（组诗）

雨

没有风的时候
雨独自下着
不停地下着
满心欢喜地下着
我推开窗
有燕子在雨中斜飞

樟树

无风
樟树立于湖畔
威武而挺拔
它身上闪着哲思的光芒
此刻
树梢有几只喜鹊飞过

蓝天
掠过几朵浮云

青草

没有风的时候
青草卧于湖畔
几片落叶
企图掩埋它
落叶没有成功
懊恼，沮丧
青草仍然青葱

池塘

没有风的夜晚
池塘没有涟漪
只有半池蛙鸣
企图轰走半个月亮

夏天

没有风的时候
夏天就是纵火犯
人间就多了几座火焰山

樟　树

那棵樟树的叶子
一直绿着，好像从来没有落过
树下嬉戏的孩子
怎能忘记樟树扬花的季节
叶子花儿都很香，树上的鸟鸣也很香
北风把樟树的香飘到了极致

晚　春

花瓣陆续飘远，尚有余香
山上山下，城里城外
一切的一切
最终戛然而止，随春而去
咔嚓一声，镜头下
四月的风伴着深深的草木与花香
还有一卷未写完的盛大的隐喻

大　雾

冬天的早晨有大雾
谁把体温给了寒冷
谁把寒冷送给了北风
穿云破雾的
那一定是一轮红日

大雾，预示着有一场大雪
如果我握着一束火焰
在燃烧的雪中奔跑
那火焰就是红梅
她在等东风一起回家

那些云

天空把它们送到远方
大地把它们揽入怀抱
这可爱的小精灵

星光，月光，晨光
很轻，很柔
云说：
我要变成厚重的雨
抑或轻灵的雪

夏 夜

1

满天星光
满池蛙鸣
一阵风吹开青莲
清香满池
那个看荷花的女子
已随风而去

2

夏夜
适合做梦

友人对我说———
她梦见自己生了个小女儿
好可爱

都说在痛苦中孕育着新生
可是，她一点也不痛
很快乐，很快乐

我笑了——
你生二胎，当然不痛
还生了个女儿
那是上苍送给你的礼物

子夜听雨

子夜，寂静
突然而至的大雨
搅了我的好梦
梦中那热气腾腾的茶
也似这子夜的雨

起床，泡一杯桐城小花茶
喝茶，听雨
雨中似有蝉儿的歌声
也似湍急的河流打着漩涡

夏天的味道

我喜欢夏天的味道
她藏在莲花的下面
清凉，清香
小鱼儿在莲叶间戏水
留下了柔柔的波纹

谷 雨

布谷声声，鸟鸣翠绿
丝丝细雨中
一只只燕影翻飞
一粒粒鸟鸣飘扬
农人指挥着现代化机器
与大地亲密切磋
迎来崭新的生活

无限好

绿，铺天盖地
春，盛大无边
一只黄鹂鸟的春天
在烟雨江南

飞一会儿吧
穿过内心的风雨
飞一会儿吧
远离欲望
飞吧，飞吧
直至抵达心中的理想

初　夏

河边，柳丝长长

翠竹青青，青草疯长

河水向东悠悠流淌

水中有自由的小鱼儿

竹篱上开满金银花

遗憾，她来晚了

没有听到花开的声音

此时，花朵不是她的

柔柳不是她的，青草不是她的

河水不是她的，鱼儿不是她的

去炽烈的夏吧

祝福所有的人夏安

那现代化收割机

利索地把稻谷与稻草分开

中午的蝉声一浪高过一浪

很有节奏感

傍晚，鸟儿归林很美很美

她喜欢看荷塘月色

她喜欢听田野里的蛙鸣

南风吹

南风吹

有雨潇洒而来

撑一把蓝色雨伞

听小桥流水

看莲花口吐芬芳

南风吹

树影婆娑

樟树的叶子红绿相间

花儿静静地开

草儿一个劲儿疯长

人间的欲望有增有减

一场雪的回眸刻骨铭心

七月思绪

大雨中雨雷阵雨
列队乘风而来
狠狠地抽打七月

荷花立于池中
微微笑
这美丽的仙子
是人间七月的传奇
池中的青蛙
池畔上的杨柳
杨柳树上的黄鹂与燕子
纷纷倾诉七月的思绪

我坚信
月光会有的

炎　热

炎热贪玩
去年的炎热
来到今年
玩得不亦乐乎

热浪此起彼伏
蝉声起
有捕蝉的孩童
闯入我的视野

午　后

池塘边，柳树下
静候鱼上钩

风起
有雷声，很远
雨还在江南

就在午后
钓一缕春风
也不负光阴

六月的月光雪

六月，月光雪下在蓝色的森林里
风儿与麻雀在雪中舞蹈
百灵鸟的歌声多么美妙

孩子们飞奔在蓝色的森林里
寻找白雪公主与七个小矮人
六月，会给月光雪一个深情的畅想

夏　虫

树林里，草丛中
夏虫的歌声甜美
它们一定是遇到了真爱

河岸杨柳随风
风儿啊，你一定要守口如瓶
不要说那冬雪，不要说那冰霜

立 秋

近了，近了
秋的脚步轻快优雅
她时而仰望天空
时而俯视溪水中的倒影
与世俗狭路相逢
她是英勇无畏的

熟悉的风，轻轻地吹
她相信——
没有蓝色的忧郁
只有绚丽的秋色

秋风凉

秋风起
细雨迷离
想起在夏天里
跑得跌跌撞撞的你
如今在我心中静坐

山间的小径
欢快的溪水
高挂枝头的红石榴
端坐池中的红莲
都是我外婆故乡的原风景
天凉好个秋
我看到了行色匆匆的雁群

秋　水

秋水淡淡
与日月星辰擦肩而过
有孔雀开屏，有雁南飞

我摘下一片荷叶
一边熬汤，一边听黄鹂鸟歌唱

雁　阵

你飞进雁阵
有时在左，有时在右
品天空的蓝，品大写的人
品独一无二的你
黄昏，一声嘶鸣划破长空
把天空填得满满的
寻不到虚空

秋 风

深深浅浅
不紧不慢
不动声色
一直向远方

这微微的风
仿佛要看清世间
繁华落尽，洗尽铅华

秋 雨

1

秋雨打在伞上、树上
草地上、沙滩上、荷叶上、房檐上
都是那么悦耳动听
秋雨绵绵，宛如山间小溪
在我心头淙淙流淌，清澈敞亮
秋雨有博大的情怀，她在用心
用全部的智慧，去欣赏青松翠竹
鸟语花香、果园农田……
一场秋雨如诗，湿了鸟鸣
一场秋雨如酒，醉了枫林

2

秋雨，细细密密
没有雨声，只有雨魂

细雨，接二连三
就让雨丝编织一张张渔网吧
网住天空跳下来的小鱼儿
然后放进干净的湖

秋去冬来

空出一些想象
交给沉默
谁在鼾声里数着落叶
当一片片红叶飘落
秋就在疲惫中远去了

秋有芦花模仿雪花纷纷扬扬
冬有鸿雁飞在冰湖上
偶有雪花来访
临时取代了梨花的芳华

匆 匆

燕子带来云朵的嘱咐
快速飞行
我思虑片刻
蝉儿不明就里，呐喊起来
夜晚，荷塘蛙鸣阵阵
当一缕愁绪飞进漫山红叶
雪花仙子已飘落人间

霜叶红了

霜叶红了，
山上好多游客，
微笑着相互打招呼，
南来北往的普通话，
像一首歌。
这是 2021 年 10 月 28 日中午，
我举起手机拍照，
此刻，微友的信息来了
他质疑他的小学老师
对《枫桥夜泊》的翻译
我笑着告诉他———
小学课本上的古诗词，
老师有教学参考书，不会讲错的

中秋月

中秋月收集时光的粒子
赋予夜色绚丽的情怀
月光编织迷人的薄纱
献给山川河流
中秋月如火
点燃秋天的枫叶
月到中秋偏皎洁
谁在哼唱《绿岛小夜曲》
谁在清唱《军港之夜》
谁在弹奏《月光边境》

月渐圆，天渐凉
树叶渐黄，桂花香
几粒雁鸣，一群雁影
乱了村庄的眼神
有路虎揽胜，惊动月光下
轻轻荡漾的萤火虫

深秋感怀

不经意间
秋已深，枫叶红
比风还轻的
是一片薄云

山寺的钟声
惊醒沉睡的树林
秋风，已越过重山
远行

叹 秋

秋叶开始凋零
颜色各异，形状各异
这个季节的深情
就像月亮
圆，抑或缺

佳节又重阳

片片枫叶情

遍地菊花香

石榴高挂，情意绵长

树下的故事

缠缠绵绵，深深浅浅

秋风中

绘一树色彩

画一幅湖光潋滟

佳节又重阳，把酒话桑麻

随菊花的思绪

飞扬，飞扬……

仲　秋

秋风将天空升高

天空越来越空

夜晚有露珠儿

降生在树林、草地

向死而生的事物

也在秋天诞生了

乡村安静下来

芝麻与稻子在说着悄悄话

谦虚的叶子选择有秩序地降落

而果子欣喜地挂上了枝头

莲藕与莲子最喜欢听雨了

秋雨也喜欢把荷叶当舞台

花园里，一群孩子

与慢下来的风翩翩起舞

冬眠之前

天空中，有绝望的云
山中寂冷
一声声悠远的鸿鸣
把黄昏推远

山上，那最后一片枫叶
悠悠下落时
茶马古道有些拥挤

严冬逼近

傍晚时分
天空飘起白色的羽毛
似有翅膀在风中扇动
是白鸽子吗？

夜色弥漫
平躺在没有月色的乡村
我更愿意看到——
青蓝色夜空下的万家灯火

十二月

十二月是一座城门
门里门外
都是车水马龙
无雪的冬天
温暖如春

午夜疲惫至静
我的梦里，雪很轻
只是错失的光阴有些沉重
一只燕子"叽"的一声
飞进了城门

那一片白

经过黄昏

正是雪花纷飞时

世界在慢慢变白

我怀揣的月光

释放着温暖

风继续吹，夜色如水

那一片白

可是李白放逐的白月光？

踏莎行

2022 年第一场雪

如海浩瀚

树儿草儿在雪中使劲儿爆芽

行走中

我遇到了一些善解人意的红果子

她们高挂枝头，与雪为邻

恋雪之人

一朵雪花是一颗星星

也是爱人脉脉含情的眼睛

雪花的情思在空中

在看不见的蔚蓝中

一个恋雪之人

她的情愫在纷飞的雪花里

在雪融化时哗哗流淌的美好时光中

一片雪花

一片雪花
很轻很轻
她落在夜行人的眉宇间

一片雪花
顺风而来
那是冬天送给春天的心音

我在想
一片雪花会逆风而来吗？
一片雪花会迷路吗？

但我知道
雪花是一首诗
是一首引领春天的诗

雪中行走的那位归乡人
他有一颗赤子之心
是献给春天的

孩子，你喜欢吗？

雪，悄悄地来了
照亮虎年正月初六的夜
雪是思想者
那么多雪花，那么多思想者
孩子，你喜欢吗？

大　雪

纷飞的大雪

固执冷峻

雪中行走的那个人

固执冷峻

北风那个吹呀

雪花那个飘呀

树上的鸟巢随风摇摆

偶尔传来几声悠长的鸟鸣

望春风

旧年的风还在吹
或许，她要改变方向
而且不走捷径

我打开南窗，望春风
远方——
鱼儿潜入水底
河流张开了翅膀

钥 匙

青草是春天的钥匙
冬天的钥匙在哪？
是北风？是冰凌？
是雪花？是雪莲花？
跑步吧！让青草的种子
快快发芽！快快发芽！！

第三辑　时间的背后

时间的背后

时间的背后
有一卷未写完的剧本
像断臂维纳斯
岁月啊
请记住她的春风与花香

牛年初二，拜年

新 206 国道两旁，树又长高了

车子跑得飞快

有红绿灯的地方

车子排成了长龙

今年第一次出门，拜舅爷的年

舅爷门前

有一棵茶花树与一棵樱花树

茶花正笑脸相迎，樱花待春风梳妆

新农村规划的村庄真美

舅爷舅奶有福了

他们几个在城里工作的儿女

经常回来陪舅爷舅奶

过年更是热闹

写到此，老陈问我

流水账可结束了

我笑着去舅爷后院

欣赏小菜园，拍照美景

悼念堂姐汪玉华

春，刚刚跃上枝头

草正在发青返翠

燕子还在归途中

她与夫君养育的儿女

成为专家、教授

他们谱写的华章

正在回旋精彩

她却溘然离去

阳光灿烂，繁华都市

都让人惋惜

即使生命顽强，即使

意志坚韧，只能

责怪老天不公

或者过早收走

是为填充天堂的缺位

那么，只能祈愿她走好

留下无尽缅怀，无限追忆

注：堂姐于二○二一年正月十一仙逝，十三火化，丧事简办，只有亲属参加了。愿逝者安息，生者节哀。

走进龙山徽韵（组诗）

走进龙山

四月八日，惠风和畅的日子
龙山接纳了我
草木在被雨水润湿之后
特有的旖旎，胜却一阕宋词
我的眷恋与神往
原来在此
我想做山上的一株草
在空蒙的意境里
暗自生长，暗自欢喜

走近龙山湖

太阳升起
湖更加澄明了
天空的蓝，山上的绿

有着极为发亮的层次
潜龙在渊，我为此凝视湖水
身边走过多少人
始终没有分散我的视线

龙山的花

春风撩着每一朵花
阳光慈祥地给花儿润色
花儿异常激动
不停地表白爱的芬芳
我走近一朵蔷薇花
悄声问———
认识我吗？
曾经，我是湖畔一朵蓝雏菊

龙山亭

竹林中，几只黄鹂的鸣叫
像叶面上的露珠清新
亭子古朴，适合远眺山峦起伏
也可以坐在亭内，喝茶、聊天、拍照

假山、盆景、风景树

竹林、小桥流水、花开的声音

都是时间的背景

宁静中，一只麻雀向湖畔飞去

再见，龙山徽韵

再见，龙山徽韵

我们记住了你

依山傍水，风光秀丽

我们记住了你

石雕木雕砖雕，小青瓦马头墙

再见，龙山徽韵

以及远山的远山

再见，那每年开着青莲的荷塘

秋游汪河（组诗）

穿越

欢快的音符
敲击汪河的天空
吴家嘴的小渔船
穿越古今
山川风物，千载人文
尽在桐西名胜——
吴氏挂车山馆

吴家嘴的白云

那么多白云
飘移，飘逸
是天之骄子？
是自由战士？
轻轻的风伴我前行

曲幽的小径
野菊花清香扑鼻
我在挂车山，
寻山的倒影，
觅静的涛声

又见小舟

又见炊烟
又见落叶
又见小舟
这是吴家嘴的小舟
去过桃花源
去过桃花岛
你听
阵阵南风送雁

登山观景

——题舅父舅母天柱山合影

手牵手

十指相扣

登山，观景

风送暖，花绽放

一步一步

温暖渗进彼此的骨髓

沐阳光，听鸟鸣

一步一步

喜悦拂过松枝

一生的幸福，三世的寻觅

定格成永恒

堂　弟

湖水载着明月

似孤独驮着孤独

夜半时分

有寒鸦飞过

有白云飘过

在外打工的你

又一次失眠了

你立于湖畔

裹紧了棉大衣

仰望天空

辨别家乡的方向

三河初中知书亭

天空的蓝
湛蓝
是墨水的蓝？

墨水的蓝
真香
是三河书香？

天空的云
灵动
知书亭天空的蓝
永恒

喝着蓝墨水成长的书生
枕着三河书香入眠的校友
来知书亭合个影吧！

青草香大米

那么青的禾苗
是注入了蓝天的灵气？

那么香那么圆的米粒
富含锌
是青草大地善的回馈？

兔年寄语

瑞雪潇洒写诗行

玉"兔"呈祥

林中梅花含笑

口"兔"芬芳

喜鹊在梅枝上弹琴

杨柳随风，"兔"舞吉祥

花园小广场

孩子们打雪仗

玉兔同行，笑声灿烂

瑞雪兆丰年

愿所有的美好都如约而至

前"兔"无量

阳光真好

新年里阳光真好
想到这里
我听见小草愉快地发芽
我看见人们脸上荡漾着满足
荷塘边
一位爷爷带着孙子放鞭炮
有"黑老大""冲天猴"
孙子发现荷塘里的小鱼儿
爷爷说那是放生的鱼
此刻，有飞尘潜入荷塘
沉静修心

光阴的尽头

河水，在你的眼里闪光

有空，就坐下来

阅读绿色的河岸

春花，在季节的边缘

纷纷告别

野草痴痴地长

野花温馨地开

树枝在拓展空间

柳树上，挂着一些鸟巢

不会飞的小鸟怯生生地探出头

竹林里，鸟儿在枝头跳动

草丛里，虫儿在呢喃

阳光明媚的日子

有三五成群的孩子

在河岸吹柳笛折纸伞

一切的美好渐渐被你吸引

一曲相送旧时光

而光阴的尽头是风来风去

端午的早晨

艾草菖蒲的香味
漫过了几条街
端午，无论走在哪条街上
都能闻到艾草菖蒲的清香
我特别珍惜这端午的早晨
一次又一次深呼吸
一次又一次深呼吸

端午的月亮

端午的月牙儿，弯弯的
我喜欢这可爱的月牙儿
月牙儿是孩子的秋千
是母亲的《摇篮曲》
月牙儿最懂
屈原的《离骚》与《九歌》

秒　针

午夜。风起。雨停。
神的眼神飘过。
行色匆匆的梦境，
追着嘀嗒嘀嗒的秒针。

秒针是月亮的翅膀，
它带着太阳的嘱咐，
穿过夜
把光与晶莹剔透
送给辽阔的中华大地。

在水之湄

月光照在江南水乡
微微的风仓促了我的呼吸
踮起脚，看一看
远处的渔火
远处的乌篷船
隐隐约约，仿佛
有人弹奏《琵琶行》
有人吟唱《诗经》
寻寻觅觅，月亮忽冷忽热

江南水乡

白云在江南水乡

飘啊飘

看不见的微风

一直吹，一直吹

有故人吟唱———

"江南好，风景旧曾谙……"

江南水乡

乌篷船里

长发及腰的女子

正在欣赏水中的倒影

有故人高歌———

"在那遥远的地方，有位好姑娘……"

呓　语

青青河边草
呓语大沙河南岸
而河中的漂流瓶
随风逐浪，已抵达黄浦江

一条河流
有风平浪静，有惊涛骇浪
有地域文化，有先锋船长
有欢歌笑语，也有河之殇
漂流瓶带着青草的芳香
徘徊在黄浦江面，暂未上岸

奇怪的梦

深夜，做了一个奇怪的梦

一朵小花遇到一棵奇草

它们一见钟情，经常握手拥抱

有一天，奇草左右摇摆

无精打采，失魂落魄

小花愕然

此刻，莲的足音渐近

莲说："奇草是骗子，远离奇草"

梦醒时分，正是街上行人摩肩接踵

裂　缝

你给裂缝打个补丁吧!
天空深情地对晚霞说。

你给裂缝灌点水吧!
风儿悄悄地对雨云说。

大地说———
就让裂缝空寂吧!
悄无声息地空寂。

樟树抖落一地的碎瓷,
轻轻覆盖裂缝。

此刻,
我听到裂缝轻轻的抽泣。

乐 趣

两棵平行的树
枝丫从没触碰过
只是一些小鸟
从两棵树上来回飞着
搬运绿色的风，搬运啼笑皆非
因此，两棵树有了小小的乐趣

明天是母亲节

钥匙左转右转
怎么也打不开老屋的门
我喊父母，我喊哥哥妹妹
他们在哪？
真是焦急万分
"叽叽叽，叽叽叽……"
这分明是窗前树枝上的鸟鸣
原来我是在做梦
醒来时应是清晨六时整
南风毫无顾忌地敲打着我的窗户

写给父亲

父爱，在东流水中
河流上空打坐的云朵
可以作证
父爱，是一棵根系发达
枝繁叶茂的大树
那向上拓展的枝丫
那扎根土地发达的根系
都是父亲殷切的期望

梦中，我看望过天堂的父亲
他面无表情，无奈地说
"我有两个孩子在这里了，
没有你的住处，回去吧！
好好爱自己！"
我顺着父亲手指的方向
走了一程又一程
遇见一池又一池的莲花
到了一座寺庙前
抬头一看，上面写着"清虚"
父亲是不是告诉孩儿
要心中有佛？

杏花开了

四月风情万种
杏花开了
她的灵魂遁入一首诗
曾经的少年站在月光下
时光正邀请他穿越

题图诗：穿旗袍的女子

——致重庆美女竹琴月眸

又见江南雨

你不在江南

不在雨巷

你在重庆

在唐诗宋词里

静若幽兰

柳

古城又春风
河流有了暖意
长发飘飘的柳
在河中倒立的姿势
醉了十里春风

荡　漾

三月在湖边扭了扭腰
湖岸上的草儿树儿
纷纷开起五颜六色的花
随风荡漾，香气四溢

碧绿的湖装得下盛大的天空
夜晚，月儿星星在湖中荡漾
与鱼儿嬉戏

假日，湖边放风筝的儿童
红红的笑脸在阳光下荡漾

倒　立

三月桃花雨
替苍生洗尘
松树上，一只猴子的倒立
惊起撩人的春色
长江里，一只倒立的小船
随波逐流

倒立的境界

倒立
是有氧运动
写一首倒立的诗
也是有氧运动
倒立的境界苍茫辽阔

故乡的气息

坐在公园的长椅上
杨柳轻抚他的脸
有风送来油菜花的芳香
他深呼吸，慢慢站起来
环顾四周，原来他是在
寻找故乡的味道

那年，编辑部的退稿信

春天的小溪
哗哗流淌
小哥哥寄出了一个中篇
左等右等
等到了编辑部的退稿信
并有编辑批语——
小说写得很好
这属于伤痕文学
本刊不拟用，请另投

小哥哥愣在那里，喃喃自语
过时了，过时了
可是，他怎么也走不出
那个并不久远的年代

蚂　蚁

一只喜欢爬树的蚂蚁
喜欢在高高的树枝上炫耀
对于树下的人们
它是不屑一顾的

题图诗：万马奔腾

马蹄声渐远
只有腾起的灰尘

我捂住鼻子
憧憬下一个万马奔腾

游子的背影

游子的背影
留给了远去的村庄
那时，荷的筋骨
正支撑着天空的倒影
一群白鸽子飞过清晨

蓝与白

浅蓝色的大花盆
栽着花花草草
那些深褐色的枯枝
开着白梅花

蓝天上的白梅花
开心地笑，迅速地跑
我拿着蓝色的手机
悄悄拍下
浅浅的蓝，灵动的白

春天的早晨

走在山间的小路上

阳光拉长了我的影子

不去过问凡尘琐事

在大自然中呼吸清新空气

宁静而温馨

小草、大树、花儿

都在张扬着生命的活力

树林旁，年轻的女人们

甩着柔软的长发

洒下银铃般的笑声

草地上，有一群穿军服的少年

在草地上列队操练

徜徉湖边

我折一枝杨柳

做成帽子戴在头顶

伸伸手，踢踢腿，扭扭腰

继续向前

在河流的拐弯处

我蹲下来低下头

与一朵紫色的花对视良久

仿佛遇见了知己

我爱大自然，大自然爱我

人心向善，有爱温馨

春 归

刚结束冬的旅程
就来到春的黎明
竹笋的拔节声
惊醒梦中的农人
准备春耕，该播种了
东方发红，杨柳轻轻地摇
江淮大地上飞过一群百灵鸟

轻轻的，轻轻地

微风轻轻地吹着

花儿轻轻地点头

小树轻轻地招手

小鸟在枝头轻轻地歌唱

虫儿在草地上轻轻地呢喃

蝴蝶在花丛中轻盈地飞

蜻蜓轻轻地落在池中的荷花上

顷刻荷花的脸上有轻轻的绯红

池中的鱼儿轻轻地游着

轻轻地吐着水泡，悄悄地吐露心思

大婶轻轻地推着小童车

在花园小径轻轻地散步

她的小孙儿心生欢喜，咯咯地笑

花园小广场上

打太极拳的大爷大婶

气定神闲，物我两忘

一招一式伴着优美舒缓的曲子

有轻柔的美感

太阳慈祥地抬头，阳光温暖着尘世

人们轻轻地擦肩而过，留下轻轻的美好

晚风将一些事物高悬

晚风轻吹

树梢上那轮月儿

圆了又缺，缺了又圆

那些飘动的树叶

那些若隐若现的鸟巢

仿佛离尘世很远

仿佛离尘世很近

晚风轻吹

天上的星星泪眼婆娑

不知是悲是喜

风 声

北风起于黄昏
林中有五彩的鸟鸣
黄鹂？麻雀？斑鸠？
它们在夜晚来临之前
纷纷吐出风声

夜色美，像海底
如果把夜倒过来
就会有更大的风声鹤唳

邂　逅

邂逅窗外饶舌的鸟
我微微笑
我有自己的思想
它能左右我吗？

起雾了

起雾可好？

雾中的一切朦朦胧胧

真假难辨

我相信——

云开雾散时

阳光更明艳

晃

夜如水，平静安详
夜迷离，月朦胧
夜莺的歌声
惊醒了夜
你瞧————
月儿在树梢荡起了秋千

醉　酒

我不喝酒，住在酒店附近，
经常看到醉酒的人，
在酒店门前被人拉上车。
去哪？一定是回家了。
醉酒的人在半醒半寐的状态中
以为自己去了远方

落叶的命运

北风劲吹
树叶飘飞
有的落地，会重生
有的飞进河流
成了漂流瓶

四　月

阳光明媚，
一千只蝴蝶去春天赴宴。
那时园中鸟语花香，
池边杨柳轻轻摇晃，鱼儿自由欢畅，
孩子们的风筝在空中翱翔。
蝴蝶恋上了春天的百花。

今夜的月光

今夜的月亮
比昨夜富贵、叛逆
今夜的月光
比昨夜明亮、赤焰
有蹒跚的游子，走进温暖的故乡

不要去恨这种人

狗嘴里吐不出象牙来
不要去恨这种人
他们是有苦衷的
童年的心灵曾经被刀划过
那伤痕，春风也熨不平

那些白云

天空中那些白云

很白很白，一尘不染

调皮地变来变去

当天空暗下来

白云就会变成纷飞的雪花

慢慢压住躁动不安的尘世

海上落日

他举起相机，咔嚓
拍下了海上落日的壮观
夕阳铺就的星光大道
海鸥翩翩起舞，歌声嘹亮

悬

街灯把月光分离成瓷
林老师盯着树上的空巢
心里七上八下

小心这只怪物

污泥里一只怪物
爬上岸，得意忘形
虚张声势，乱吼乱叫
不必理它
只是要提醒一下荷
小心这只怪物，它会咬你的

傍晚，长江

新年的落日
美丽壮观，缓缓归去
江水轻轻摇晃
微波荡漾
船只有序来往
贝多芬《第六交响曲》
正在奏响
呵！这宁静而温暖的傍晚

我的视野越来越开阔

阳台上一盆月季花
不再妖娆，好像病了很久
我注视她
柔软的目光中有深深的关爱
她也注视我
冰冷的目光中有剑的锋利
我避开她的目光
移步另一个阳台
白色的茉莉花、米黄色的四季桂
还有不知名的花儿
引来蝴蝶伴舞，引来蜜蜂歌唱
再看窗外
小桥流水，满池荷花
我欣喜，我的视野越来越开阔

给月季花治病

病重的月季
我想办法救她
只期待名医

那位老医生用换土法
我们一家人每天浇水施肥
谢天谢地！月季的病好了

雁南归

南风吹
有期待，有奉献
有包容，有感恩
眺望一会儿天空
南去的雁阵，肩负重任

风吹月光

风吹月光
月光的碎片在飞
那么多，那么多
像一群群纷飞的萤火虫
飞在草地

风吹月光
河流在晃
生命之舟逆流而上

以后的岁月

以后的岁月
交给风

随风摆动的
有青草，有树枝
有悠悠岁月

听，运动不息的风
敲响了寺庙的钟

无　题

热爱青草，热爱蝴蝶
小时候常在青草地上捕捉蝴蝶

今年，我的家乡风调雨顺
草儿青青，且一个劲儿向上蹿
被野草围困的小路
越来越窄，越来越窄

轰隆隆的割草机
割去了野草的头颅与身躯
小路又神清气爽了

天　涯

自从有了宇宙飞船

自从有了直升机

自从有了高铁

天涯　无所谓有，无所谓无

真正的天涯，是阴阳相隔

是天堂与地狱之隔

是心与　心的天涯

生活需要创造极致

在天涯共明月

在天涯倾听大地母亲的心跳

在天涯歌唱太阳

风中弹琴，雨中舞蹈

像鸟儿一样拥有天空

像鱼儿一样畅游水中

双臂幻化出洁白的羽毛

一寸一寸地啄

有时还得寸进尺

没有撤离

这世间的怪物

山竹愤怒了

抖落一生的风霜雨雪

双臂幻化出洁白的羽毛

展翅

起飞

心跳得那么快

心跳得那么快
月光在等她
有少年渐渐长大
她看见心花
开在河流的上游

心跳得那么快
她曾经丢在湖中的石头
已成为一座岛屿
岛上的居民都是少年
仰望，似遨游太空

一种怀念

最怀念
三月绵绵的细雨
随着柔柳轻轻摆动
那是母亲的情怀
能医治生病的心情

望天空

儿时，躺在竹床上望天空
妹妹在竹床那一头已熟睡
我在听满天繁星的合唱
伴奏的一定是母亲拍蚊子的扇子
那时候，没有空调
乡下人买不起电风扇
夏天夜晚的汪家漕
家家户户门前都是乘凉的人
先是孩子们的笑声哭声
抑或吵闹声
然后，鼾声四起
树上偶有小鸟扑翅声
早晨醒来
一定是睡在家里的床上

如今，在小镇四楼阳台上
仰望天空
我懂了母亲的天空
没有蚊子，只有扇子
没有露宿，只有暖床

周末去小城

廊桥依旧
没有了父亲的背影
有陌生人闯入镜头
打牌的老人
笑得多开心

和平路上
香樟树代替了法梧
多少年了？仍然年轻
人在旅途，焦急　等车
无法淡定

神奇的瓶子

传说有一只神奇的瓶子
能大能小
大，能装得下天空
小，能缩成绣花针

夜被瓶子收留了
很幸运，夜可以
少淋点雨，多一分温柔

致友人

日子就这样过吧
不紧不慢的，多好
刮风也好，下雨也罢
哪怕风雨交加
路还是要走的
还有你，再难也别放弃学习
就像在医科大学，学习救死扶伤
也要好好医治自己受伤的灵魂

老古话

老古话，
好媳妇需要一个恶婆婆来磨！
顾名思义，恶婆婆成就好媳妇！
没有道理吗？或许也对。
邻村有位厉害的婆婆，
媳妇刚过门，就负责家务事，
做饭洗衣服都归她，
婆婆偶尔在旁边指导做菜，
或许，她也有怨言，
无奈，她母亲在婆婆当面说过，
年轻人要有担当，
不会做的事要跟着婆婆学，
几年下来，她学得一手好厨艺
当然不是全部跟婆婆学的
她喜欢买书看书，看着菜谱尝试着做。
如今，她是一家土菜馆老板，
生意做得风生水起。

入林记

不是无意闯入
不是慕名而来

入林前，脚踏板桥
心刹那间震颤

林中繁花似锦
荆棘很多，鸟兽也很多

不怕荆棘，不怕野兽
就怕造谣生事的鸟们

闭上眼睛
摘一个"仙桃"

体　会

小时候，吃着棉花糖
甜甜的

如今，棉花糖已飞上天空
变成了流云

牧羊人正仰望蓝天
体会流云的随性

画　布

一弯新月
满天星光
一颗颗晶莹的露珠
落在霸气的"风水花"上
夜风轻轻地告诉我
"我走了"

阡　陌

　　月光如瓷
　　阡陌交通
　　冬的延续？
　　月光之美？
　　瓷器之美？
　　此刻，心中
　　清冷与温暖交替通行

月光落在后背

月光透过树枝
落在她的后背
她背着分离的月光
像背着一颗颗心
走出树林
月光仍落在她后背
她弓身在地里干农活
影子像一个大问号
她站起来擦汗时
影子成了感叹号
月光在风中晃了晃
启明星升上了天空
月光在风中打了个盹
朝阳升起来了，光芒万丈
她的身后站着四个孩子
齐声喊妈妈

后　记

　　捧着《文学与鉴赏》

　　看福楼拜，看拜伦

　　看郁达夫的《迟桂花》

　　看沈从文的《边城》

　　如今，在散步时听听书

　　也是一种奢侈

　　拥抱不一样的灵魂

　　也是一种享受

　　这是本书开篇第一首诗。真的好怀念学生时代，捧着小哥哥订的刊物，读小说读诗歌。《解放军文艺》的小说中有抓特务的文字，深深吸引了我；写边防将士的诗歌也是那么耐人寻味。记忆中，《安徽文艺》一篇小说的白描手法真是太美了，我读了一遍又一遍，作文中还仿写过。在桐城师范读书时，也喜欢到图书馆借书看，除了作文，也经常写一些心情文字与小诗。

　　走上工作岗位，我也订了一些刊物，如《文学与鉴赏》《诗刊》《山西青年》，也参加过作家函授培训。我在《文学与鉴赏》杂志看过长篇连载小说《拜伦》，喜欢上了诗人拜伦的诗歌以及与拜伦同时代的诗人雪莱的诗歌，还在新华书店买了两本诗集：《雪莱的诗》与《普希金的诗》。遗憾的是当时没有找到诗人拜伦的诗集。后来由于忙于工作、忙于家务，停止了写作。

遇见是多么美丽，我是有缘人。2010年，我在新浪博客习诗，那是一段难忘的岁月，一边听音乐，一边写作，灵感颇多。在新浪博客，我邂逅了许多良师益友，我们经常互访、交流学习，他们推荐我的小诗上新浪博客首页，推荐我的小诗发表，很多老师给我的小诗写评鼓励。

2013年至2019年我的小诗多次在《大别山论坛》《缘文化网》获二等奖、三等奖与优秀奖。散文《父亲老汪》获2019年六尺巷文化平台征文大赛三等奖，随笔《古镇青草》获六尺巷文化平台2016年春季美文征文优秀奖。我的报告文学《年华似锦，事业争春——安徽陈光辉夫妇养猪实现循环经济发展》于2019年获由西南大学中国新诗研究所《中国诗界》诗刊、中国萧军研究会文学传媒中心等举办的"和平崛起，改革开放四十周年全国文学创作大赛"综合文学奖铜奖。组诗《春天的战役》在安徽"古井贡酒"战役诗歌及散文征文大赛获优秀奖（安徽省散文随笔学会举办）。诗集《慢时光》获桐城市第四届文学奖优秀奖。

随着文章发表数量逐渐增多，2013年我加入了桐城作家协会，2014年加入了安庆作家协会，2015年加入了安徽省作家协会。并且陆续出版了三本诗集：《远航小诗集》《向南的窗户》与《慢时光》。

文学路上邂逅的良师益友给我的鼓励，我永远铭记在心，真诚感谢！

因为热爱，所以坚持，出书只为本人平淡的岁月留个纪念。本书书名取自诗作中的题目《季节的边缘》。在此，真诚感谢河北廊坊师范学院教授、诗评家苗雨时老师！他冒着酷暑为我的诗集《季节的边缘》作序，给我支持与鼓励！

该书收录的是本人近四年在网络上写的诗歌，有采风作品，有瞬间感悟，有网络同题诗、读后感，也有对亲人、对往事、对乡土、对童年的回忆。这些诗歌其中有几首发表于《中国诗人》，有几首发表于《诗歌月刊》，有几首发表于《扬子晚报》"诗风"栏目，有一些发表于《安庆日报》副刊，有一些发表于《世界日报》副刊，有一些发表于《长江诗歌报》《桐城文学》《桐城诗歌》《抵达》《朝阳阁》等报刊。因为忙，没有存于电脑，都在新浪博客与微友的公众号里，现在找出来简单归类。诗分三辑：《缓慢书》《季节的边缘》《时间的背后》。这些作品没有严格的归类，期待大家指点交流。写一首小诗送给爱看书的朋友——

炎热
寄一片云给你
清凉，清爽
我们都爱看书
看书是最美的

看书是最幸福的
每天每天，我们醒来
有清风，有明月
有阳光，有星空
还有纸上文字

汪梅珍

2023 年 7 月 17 日

图书在版编目（CIP）数据

季节的边缘 / 汪梅珍著. -- 武汉：长江文艺出版
社，2024.9
ISBN 978-7-5702-3505-6

Ⅰ. ①季… Ⅱ. ①汪… Ⅲ. ①诗集－中国－当代
Ⅳ. I227

中国国家版本馆 CIP 数据核字（2024）第 046828 号

季节的边缘
JIJIE DE BIANYUAN

责任编辑：胡　璇　　　　　　　责任校对：毛季慧
封面设计：源画设计　　　　　　责任印制：邱　莉　　王光兴

出版：长江出版传媒　　长江文艺出版社
地址：武汉市雄楚大街 268 号　　　邮编：430070
发行：长江文艺出版社
http://www.cjlap.com
印刷：武汉市籍缘印刷厂

开本：880 毫米×1230 毫米　　　1/32　　　印张：8.5
版次：2024 年 9 月第 1 版　　　　2024 年 9 月第 1 次印刷
行数：5724 行

定价：48.00 元